KB044640

# 개미는
# 시동을 끄지
# 않는다

정 미 시인

고려대학교 인문정보대학원에서 문예창작 전공.
2005년 무등일보 신춘문예에
「개미는 시동을 끄지 않는다」당선으로 등단.
2009년 아테나 아동문학상 대상 수상,
2013년에 경기도 문학상 아동소설 부문 수상.
저서로『이대로도 괜찮아』,『공룡 때문이야!』,
『마음먹다』(공저) 등이 있음.

# 개미는
# 시동을 끄지
# 않는다

정미 시집

문학세계사

건너편 지향의 꿈꾸기
꿈과 리얼리즘 사이에서 늘 미화되는 삶
쉬잇 쉬……

보였다가 안 보였다가,
하는 나! 우리들의 어쩌고저쩌고!
쉬잇 쉬……

내게 등을 내미는 당신의 가냘픈 등짝일 뿐
쓸쓸한 땅에서 두 발을 떼어 보는 행위일 뿐
……일 뿐

정미

차례

# 1

# 2

# 3

# 4

*1*

## 화접몽花蝶夢

봄날 아침

노랑나비 날개에 스민 연노랑 빛을 보니

반은 햇살이고

나머지는 당신의 따스한 눈빛

그 외따로운 혼魂빛을 나도 같이

빛낸 듯해

눈빛을 반짝인 듯해


가을 아침

노랑나비 날개에 맺힌 이슬을 보니

반은 눈물이고

나머지 반은 당신의 맑은 그리움

그 시린 세월을 나도 같이

살은 듯해

사는 듯해

아찔, 아찔하게 겹쳐 있는 듯해

# 수장水葬

세탁기 하나
노인 병원 마당 귀퉁이에 모로 누워
비를 맞고 있네

문짝 떨어져 횅하니 드러난 가슴
날마다 빨랫감을 품속 가득 안던
커다란 몸뚱어리를 빗물이 씻겨 주네

물목을 건너는 행상처럼
벌컥벌컥 맹물 마셔 대며 일하던 강철 몸이
녹슬고 혈관 터져
비로소 일에서 놓여난 노구의 저물녘

노인들의 때를 곧잘 받아 주던 폐 세탁기
빗방울 세례를 받으며
한세상 건너가고,

좁아터진 세탁실에서 몰려나온 듯한
저 허리 끙끙 앓는 소리 흐느껴 우는 소리
빗소리와 섞여 흙탕물로 튀고, 흘러내리고

흙물이 쓰는 그 조서弔書를
치매의 우리 어머니 창가에 몸져 누워
덧없는 눈길로 읽고 있네

# 개미는 시동을 끄지 않는다

빵부스러기를 끌고 가는
개미 가는 길을 신발로 가로막지 마라
끊어질 듯 가는 허리에 손가락을 얹지 마라
죽을 때까지 시동을 끄지 않는
개미 한 마리가 손등으로 오른다
허리띠를 졸라매던 아버지
바짝 마른 허기가 만져질 것이다

아버지는 털털거리는 트럭을 끌고
시골 동네 비탈길을 누비고 다녔다
생선 상자 위로 쏟아지는 땡볕
신경질적으로 바퀴를 때려 대는 돌덩이들
왕왕거리는 메가폰 소리를 뚫으며
흙더버기의 길을 아버지는 나아가고 있었다
거친 엔진이 꺼지지 않기를 바라면서
괜찮아, 내 허리띠를 붙잡아라!

그날도 아버지는 쿨렁거리며 나아가고 있었다


손등에 오른 개미를 가만히 내려놓는 당신
개미 앞길에 놓인 돌멩이를 치워 준다
멀어져 가는 아버지,
당신의 눈 속으로 기어든 개미가
시동을 건다 여섯 개의 다리가 붕붕거린다

# 목련과 통通하다

올봄엔 창밖의 목련과 번갈아서
창가에 세워 둔 거울 속을 들락거렸다

화장하고 옷 곱게 차려입고
하릴없이 거울을 들여다보고
향수를 뿌려 댔다, 그 단조로운 오후들을 지나

몇 겹의 하품을 하고
화장 솜에 화장수를 적서
외출했다 돌아온 얼굴을 지워 나갔다
꽃이 피거나 말거나

우리는 서로 얘기하지는 않았다
울어서 거울이 얼룩지는 일이 없도록
서로 어색한 웃음 짓다가는
화장을 고치거나 지웠는데

거울이 나를 요요히 흔들어 댔고
목련나무 밑에만 얼룩진 화장 솜이 쌓였다
당신이 띄운 백지 편지가 잘 읽혀지지 않던 봄날
내 속울음이 목련꽃 손수건을 적시던 모든 오후

# 압력밥솥

흰 머릿수건을 이마에 두른, 여자가
부엌 싱크대에서 쌀을 씻는다
화풀이하듯 빡빡
문지르다가 찬물을 쏟아붓는다
그래도 심기 불편한지, 수건을 당겨 묶고서
가스 불 위에 가부좌로 올라앉아
스시시시 스시펄 쓰씨팔 씨 팔팔

펄펄 끓는 속, 뱅뱅 도는 머리꼭지
진저리치는 몸뚱이에서 삐져나온 밥물이 뚝뚝
눈물처럼 떨어진다
식구들의 윤기 흐르는 하루를 위하여
짓눌린 가슴을 꽈악 품고서 쩔쩔매는 여자
열 받은 머리뚜껑이 펑! 열리지 않도록
스시시시 스시펄 쓰씨팔 씨 팔팔

저 소리, 생계의 운율

울음을 밥처럼 꾸역꾸역 삼키는 여자,

말없이 눈물 훔치는 여자, 씨이 팔 울부짖는 여자……

혼자 속 태우다가 프흐 한숨 내뱉고 마는

저렇게도 순하고 성질머리 사나운 어머니

바라만 보다 슬쩍 다가가니 에구머니나, 나였다

# 통 큰 여자

　반지를 잃어버린 노인들이, 케케묵은 세탁기 그 통 큰 여자
를 밖으로 끌어냈다 여자는 큰 덩치의 안간힘으로 버티다 빗
물 질척이는 바닥에 팽개쳐졌다 대성통곡 입이 벌어졌다 눈물
인 양 땟물만 흘러나왔다 반지 어디에 숨겼어? 통이 커도 여간
큰 게 아니구먼 은혜의 집 노인들이 함부로 몸을 뒤졌다 속엣
것을 모두 게우게 했다 몸의 저 밑바닥에서 나온 동전과 단추
몇 개 금간 사랑 잃어버린 세월 밤마다 찾아오는 허리 통증과
어깨 결림…… 지독한 것! 아무리 찾아도 반지는 없다 오지랖
넓은 가슴통이 빗물로 축축하다 굵어지는 빗줄기에 진저리치
며 노인들 돌아섰다


　고물 수거차가 왔다, 녹이 슨 밑동
　휑하니 가슴을 도려낸
　통돌이 세탁기를 번쩍 들어 올려 싣고 간다
　살아온 만큼씩 제 영혼을 떼어 주다 떠나는 생처럼

# 엄마,라는 옷

  속초 바닷가에서 한 그루 나무처럼 머리칼 휘날리며 서 있
던 여자, 무슨 사연으로 겨울바다에 혼자 왔나, 묻고 싶었네.
손님이라곤 파도뿐인 외딴 횟집에서 찬바람에 빨래를 널고 있
는 입 큰 여인, 인제 장터에서 어린애 등에 업고 큰 아이를 앞
세우고 가겟방 앞에서 수다 떨고 있는 아낙네들, 군축령 내리
막길 지나서는 머리끄덩이 잡고 악다구니하는 중년의 여인들,
어디선가 많이 본 듯한 모습이었네. 홍천의 국도에서 비닐하우
스의 찢어진 비닐을 혼자 걷어 내는 노파, 치맛자락이 비닐보
다 더 후줄근해 보였네. 양평에 들어서자 놀랍게도 그들이 모
두 모여 살고 있네. 수시로 입었다, 벗었다 한 엄마…… 인생은
단벌일까, 하나같이 엄마 옷을 걸쳐 입고 있었네. 하나같이 내
얼굴이 달려 있었네.

# 그러니까, 당신

안녕, 당신의 안부를 허공에 묻자 안녕을 성급히 주워 삼킨 바람이 경고도 없이 안녕 뒤의 소소한 걱정들과 함께 소리를 질러 댄다 놀란 안녕이 사레 걸려 기침을 한다 다시 안녕 하고 묻지 못하는 안녕 너머의 안부들까지 허걱 놀라 뒤로 자빠진다 오늘도, 당신은 묵묵부답일 모양이다 머쓱해진 안녕이 스칸디나비아 반도로 날아가 버린 당신을 부르며 바람을 끌어다 덮는다

바람이 여러 방향으로 부는 밤이다

어이 — 깜빡이는 우리들의 안부, 안녕들의 헤엄, 북태평양의 바람

무작정 안기기부터 하는 바람의 외투를 벗기고 차가운 한숨을 품는다

바람이 나를 침대에 누이는 기척을 어렴풋 느낀다 말캉 당신이 겹친다

내게 오기 위해 수천만 킬로미터를 날아온 바람처럼,

머리에서 발끝으로 흐르던 안녕들이 우주로 방사된다

이제 남은 건 어제를 누렸을 당신의 침묵, 안녕의 체온이 얼어붙는다

그러니까, 당신 시시때때로 허밍허밍허밍

# 빨래집게

어쩌면 이곳은
빨랫줄이 아니라 철봉 가장자리인지 몰라.
내가 물고 있는 것은 옷자락이 아니라
길게 늘어진 당신의 힘줄인지 몰라.
당신을 깨문 이빨, 목젖이 타는 걸 보면
아직도 당신의 몸뚱어리를 물고 있는 게 틀림없어.
윗니엔 웃음을 아랫니엔 울음을 물고 있는 게 틀림없어.
한때 사랑의 다른 이름이었을 집착을 재갈 물고
벼랑 아래를 내려다보는 걸 보면
사랑이 빠져나가 버린 빈껍데기를 한사코 물고 늘어지다
그만 맥이 빠져 버렸는지 몰라.

당신을 사랑한 후 알았지.
이별을 견디는 데 필요한 건 꽉 문 사랑니였다는 것을,
살을 도려낸 곳에서 뼈다귀로 드러난 열정이 나의 사랑가
였지.

당신 몸 가장 깊은 곳에서 방금 꺼내어 널었거나 이미 개어
놓은,

# 선풍기형 벽걸이 난로

도통 시큰둥하다는 듯 벽에 붙어
좌우로 고개만 내젓고 있는 선풍기형 벽걸이난로
시장 골목 순댓국집 할매 대신
사내의 말에 맞짱 뜨는 것이라고 나는 생각했네
그렇지 않고서야 저렇게 계속 고개를 저어 댈 수 없는 것

큰소리쳤다가 침묵했다가 돌연 흐느끼는 사내의 주정은
유리문에 떼쓰며 엉겨 붙는 눈보라 같았네
필시 술주정으로 풀어야 하는 서러운 곡절이 있을 것이므로
한 번이라도 고개를 끄덕여 주면 일어섰을지도

허나 할매는 둥글넓적한 얼굴로 도리질만 해대네
여보시게! 찬 몸 덥혔으면 술 그만 마시고 일어서지
저마다의 사연이 안주라는 듯 뜨뜻한 눈빛만 건네주네
쓰디쓴 제 왕년을 읽은 듯 눈시울이 붉네

# 달빛 물파스

생기 꽉 찬 새의 노래
혀끝에 감기는 바람의 맛은 다디달고
아버지의 허리띠 같은 산길에 눈이 녹아, 땅이 더 부드러워져
어라, 물기가 번져 간다
여태 쌓인 눈 위로 목련 나무 그림자들이 제 키를 주욱 펴는
정월
대보름 달빛이 마당에 가득 찰랑거린다

휘영청 보름달을 저만치 걸어 두고
오늘은 어머니가 이것저것 다 섞어서
오곡밥을 지으시느라,
횡한 어머니의 가르마 길을 목 빼어 내다보는
토끼 같은 나도 한 사발에 넣고 묵나물을 버무리느라,
온몸이 욱신거리신단다
뼈마디가 쑤신다고 흥건히 달빛을 바르신다
화하니, 산도 등짝을 들이댄다

# 어름사니*

전깃줄에 붙잡힌 커다란 비닐…… 바람 불자 획획
외줄을 탄다 부채만 들려 주면 남사당패 줄꾼이다
줄을 중심으로 솟구쳤다 처졌다 한껏 펄럭인다
기마 자세로 줄을 타다니!
한 취객이 헌 무명두루마기 같은 비닐을 올려다본다
살다 보면 부채 없이도 허공을 길인 양 걸을 때 있다?
공중부양의 묘기라도 생각했는지
느닷없이 한 다리 들고 곱사춤을 춘다
비틀거리다 엎어지다 바닥을 짚고 일어서서는
시골구석에서 발버둥 친들 뭐해, 뭐해!
취객이 씨부렁거리며 제 가슴을 후려칠 때마다
비닐도 파닥파닥, 악착같이 바람 건디다가
찢어진 비닐조각, 홀연 바람 따라 날아간다
그 비닐곡예사 뒤쫓는, 휘청휘청 허깨비 같은
취객을 몰아붙이듯 진저리치는 바람
소나기라도 쏟아지려나, 휘익— 내 발목 붙잡고

흙 비린내 길이 질긴 명줄처럼 일어선다

* 줄 타는 사람을 이르는 말.

# 씨앗론

나뭇잎 다 떨어진 숲을 아이와 산책하다가
카메라에 잡힌 박주가리를 들여다보다가
덩굴로 뜨개질하고 앉았을 삼신할매를 상상하였네
햇살에 반짝이는 내 아이도 그녀가 보낸 것이리라
순간 파인더에 잡힌 희부연 솜털의 정자들
삼신할매 말씀하시길, 박주가리 열매는 씨주머니란다
찌억 주름 주머니를 가르면 그 씨앗들
아들딸 점지해 달라는 집 향해 냅다 날아가는 것이란다
그런 날에는 태 막혔던 자 복 있을진저,
'소원에 기를 모으면 사물이 그를 도우려 아우성친다.'
할매의 지침일 것 같았네. 박주가리 씨앗들이 휘날릴 땐
태 거둔 자들조차 이불 펴리! 저희는 이미 복 받은 것이리라
박주가리를 손 위에 올려놓자 아이가 무엇이냐 묻네
열매 쪼개니 꼬리 단 정자들 가득하다 이백여섯 개 뼈가
뒤틀린다는 진통의 터널을 통과해 온 내 씨앗이,
후후 바람을 부풀린다 은발의 삼신할매를 좇는다
박주가리 씨앗의 내력이 골짜기를 넘나들며 울창해졌네

# 떡갈잎 수세미

떡갈나무 숲에 비 쏟아지는데

어머니, 가뭄에 낀 먼지를 떡갈잎으로 수세미질 하시나
빗줄기가 고무호스 속 수돗물처럼 요동쳐서 쩔쩔매시나
이왕 만난 물로 문중 산을 닦다가 헹굼질을 하다가
휘몰아친 물벼락에 어머니 털썩, 주저앉아 밭은기침 쏟으시나

흙탕물이 골짜기로 흘러내리네 콸콸콸

쓸고 닦아도 더께 앉는 살림, 관절만 쑤실 뿐이니 그만 쉬어라!
아버지, 번갯불로 번쩍 담뱃불 붙이다가 고함치시나 쫘광꽝
천둥벼락의 성질머리로 저 세상에서도 살림살이 걷어차시나
뒤집힌 숲처럼 허옇게 질린 어머니, 빼돌린 바람으로 봉안
당 쓰시나

저 쓸고 닦음! 선산에 드셔서도 어머니, 떡갈잎으로 스쓱쓱싹

# 널 키우는 건 호수야

새들이 포물선을 그리는
톤레삽 호수*, 꼬마아이가
노 저어 가고 있었네 물살 가르는 뱃길에
물줄기가 앞서거니 뒤서거니
배 꽁무니에 삐뚜로 매달려 촐랑거렸네

서녘 해는 물 위에 누워, 끙
달리지 못하고 선홍빛으로 떠도는데
몸 웅크리고 담뱃불 삐금거리는 노인을
뱃머리에 태운 낡아빠진 쪽배가
서켠 노을 속으로 들어가고 있었네

해는 지고 어둠은 호수로 숨어드는데
어디를 가는 것일까 마음 묶어 두는 법 없이
호수에 대소변 보고, 그 물 마시며 자란다는
저 발가벗은 아이를 그만 불러들여야지

노인의 황혼 속으로 흘러가느냐, 외치니

콧등에 맺힌 땀방울 훔칠 생각 않는 아이

검은 얼굴에 잇몸 드러낸 웃음으로

호수가 환히 빛났네

함부로 건드릴 수 없는 시간이

삐걱거리는 노 위에 살짝 올라탄 물을

찰싹찰싹 건드리고 있었네


* 수상 가옥과 수평선을 볼 수 있는 캄보디아의 호수.

*2*

# 헛바퀴

차를 밀었네, 집 앞 빙판길에서 횡횡
제자리 맴도는 차를,
베옷 곱게 차려입은 우리 엄마
내 발밑 짐칸에 차갑게 누운 차를,
장의차 운전기사가 액셀을 밟아 댈 때마다
눈물 콧물 흘리면서 두 손에 온힘을 모았네
먼 길이니 어여 떠나라며 사내들이 차를 떠밀어도
얼음길 핑계 삼은 우리 엄마, 네 바퀴를 꽉 잡고 버티다
자식들 두고 이리 일찍 갈 수 없다고 발버둥 칠 때마다
눈보라 치는 밖에서 밀지도 않고 의자에 편히 앉아서
바짝 마른 엄마를 밟지 않으려고, 두 발을 들었네
덜컹 발을 뗀 차에 쏠려 아주 세게 엄마를 밟아 버렸네
운전기사가 휑하니 질긴 길을 몰아붙이자
정월 햇살이 성에 낀 차창에 살얼음판으로 깔렸네

# 세탁기 속에서 춤을

식구들 기다리다 쓸쓸하다 싶으면 당신, 윗도리 벗어 넣고, 깔깔대는 양말도 벗고, 발 뻗어 도망치는 바지 씨도 붙잡아 오세요. 이곳 무도장에서 덩실덩실 춤추다 보면, 당신의 영혼까지 말끔해질 거예요. 주머니 까뒤집어도 먼지만 나오는 주말과 김칫국물 묻은 수요일도 벗어 들고 오세요. 저런, 바지씨는 가장의 권위가 구겨졌다고 이맛살 찌푸리지만, 웬만큼의 짜증은 삶의 양념이잖아요. 여기 치마 아씬, 왜 발등을 밟으실까. 음악이 시큰둥해서라면, 콸콸콸 스텝으로 돌려 드리죠. 식구들과 몸 흔들다 뒤엉켜 몇 번쯤 넘어지더라도 원 투 퀵퀵퀵 물결 타다 보면, 마지막 용서처럼 얼싸안게 되지요. 스테이지가 비좁지만 뭐, 가족끼리의 아웅다웅은 사랑이잖아요? 바쁜 가족들 거죽이라도 모여라! 빨랫거리 찾은 저녁, 아아 오늘은 여러 개의 당신만 놀러 왔군요, 손님? 괜찮아요. 혼자서도 춤출 수 있는 윙윙 디스코텍. 아니, 가족전용 황금마차 카바레.

# 눈 깜짝할 사이

이른 아침, 꽃에 앉은 나비는
고요하다
이슬 옷을 입었다
햇살이 들면
형체도 느낌도 없이 사라질,

수천 년 전에는
강물이었거나 혹은 바람으로 날았을까
잠깐 반짝이다 흩어질 저 이슬과 나비의 날갯짓
전생의 내 몸짓이었을지 모른다
이슬방울이 허공으로 스미는 순간
영혼의 새로운 몸이 나를 찾아오진 않았을까

꿈인 듯 생시인 듯
알 수 없는 시간의 흔적들
꽃 위에서 아른거리지만

순식간에 펼쳐질 날갯짓과 이슬의 찰나에 대해
헤아릴 수 없다 어떤 존재들도
훨훨 툭,
이슬 털어 내고 날아오르는 눈 깜짝할 새인 것이다

다시 수천 년
나비는 또 다른 내가 되어 여기에 앉아 있고
나는 이슬이 되어
나비 날개에 맺혀 있을 수도 있겠다
저 먼 오래전 오늘, 잠깐

# 봄을 읽는 시간

도서관 입구에 벚나무 한 그루 서 있다

벚나무 아래서 단어장을 추스르는 소녀

바람이 수런수런 영어 단어를 외워 준다

휘날리는 머리카락은 나뭇가지로 자란다

흰 윗옷이 점점 꽃무늬를 그려 대고

치맛자락에서 연둣빛 글자들 서성거린다

빛살 가벼워서 넘기지 않아도 다음 쪽이 보인다

벚나무가 힘차게 연분홍 꽃빛을 뿜어 낸다

수풀 거운 새소리 하늘에 가 닿을 듯하다

햇살이 그것들을 인쇄하여 펼쳐 보인다

싸가지 없이 누군가 나까지 읽어 댄다

마침내 도서관이 도서와 관觀으로 나눠졌다

바람이 한 권의 봄을 휙 넘기며 지나간다

# 얼음 땅 꽃무늬 원피스

청춘을 벗어 줄 수 없다는 듯 버티는 마네킹의 꽃무늬 원피스를 벗겨서 입어 본다 벌거숭이 마네킹이 눈을 내리깔자 진열장 앞을 지나던 여자들 고개 돌리고 양복 입은 사내가 눈길을 던지자 마네킹이 그대로 얼어붙는다, 얼음

마네킹에게서 뺏은 꽃을 온몸에 심으며 꽃 빛깔 고운 콧노래를 부르자 부르튼 몸뚱이에 붙인 꽃잎들이 우수수 떨어져 내린다 몰라몰라 모델처럼 슬로우슬로우 퀵퀵 한 바퀴 빙 돌자, 땡! 하고 얼음이 녹는다 거울 속으로 잠영하는 꽃의 일대기로 청춘의 전설을 잠재우는 일, 세월의 더께만큼씩 이파리 시든 꽃송이의 나날은 빌어먹을, 땡

거울이 마지막 페이지에서야 난해했던 꽃무늬 여자 하나를 소화시킨다 굴절이 심한 여름과 겨울 사이에서 새로운 시절을 고민한다 하지만, 나의 비애悲哀보다 화사히 거울 위로 올라서는 꽃의 잠언은 얼음도 땡도 아닌 그냥 맹물! 죽을힘으로 뿌리

치면 죽을힘으로 되돌아오는 세월의 몸통, 꽃무늬 원피스 속에
는 얼었다 녹았다 실종된, 여자들 잔뜩 있는데 나는 어디로 갔
나, 참 나

# 동강 할마시

힘을 내야겠다고 주먹 불끈 쥐어도
맥이 빠지는 봄날이 있다
덧없음에 기대어 살아가는 할미 같은 생
뽀얗게 분칠한 얼굴에 흰털 숭숭한 할미들을 본다

악착같이 매달렸던 세월 던져 버리고
그 가벼움으로 허허롭게 흐르는 동강
돌이켜보면 근심도 외로움도 모두 욕망 때문이었다

강심 따라 세월 따라 굽이굽이 물결치다가
이제 한 송이 꽃으로 석회암층에 피어난 동강 할미들
얼마나 독하게 몸 비워 냈으면 바위틈에 설 수 있을까
속절없음 하나로 찰나를 먹어 버렸을까
한때엔 무거운 영혼이었을 것이므로
나의 오래된 미래를 가두기도 했을 것이다
무거움을 휘발시킨 입술로 새악시처럼 호호호 웃는

할마시 가슴에 고인, 저 동강

이래저래 한세상이라잖여── 인생 그까이 것,
물빛에다 띄우는 적의赤衣의 할미가 문득 낯익다

# 벚꽃 양산

좌악 펼쳐진 벚나무에서 벚꽃잎들이 휘날린다
고복高福 저수지 둑에 그늘 없어,
언니들이 눈부신 듯 벚나무 아래로 들어간다
자 맘껏 마시자구, 쉬어빠진 목소리의 언니가
종이컵 가득 소주를 부어 한숨에 들이켠다
카아, 쟈는 왜 자꾸 물속으로 기어들어간다냐
김양 지 맘 위한다고 봄놀이 나온 거 아냐?

반쯤 쓰러진 벚나무 하나가 물속을 굽어 보는 오후.

돗자리에 앉아 수위를 살피는 화장 들뜬 언니들에게
우둘투둘한 꽃그늘을 드리워 주는 벚꽃 양산들
저수지에 들어가 잔뜩 허리를 구부린 김양이, 난분분
꽃잎들 물 위에 수놓는 걸 참 무심히도 내려다본다
김양의 치맛자락 젖고, 물비늘 어룽거리고, 새 울고
언니들이 김양을 번갈아 부르며 고기쌈을 쌀 때마다

벚꽃 양산에서 꽃잎이 화르르화르르

얼굴 불그레한 언니들 치맛자락 휘날려 화무, 화무십일홍.

# 물 먹는 하마

습기는 옷의 주적主敵이지만 하마에게는 주식主食
하여 물 잘 마시는 하마 씨가 그 주인공이다
처음엔 웬 불한당인가 경계하던 옷들도
날래게 습기를 털어 먹는 그의 솜씨에 반해 버렸다
간혹 겨드랑이 냄새도 제거해 달라는 넉살 좋은 주문도 있
지만
하마 씨는 난처한 표정 지으며 정중히 거절하곤 한다
그런 일은 냄새 먹는 하마 씨의 영역이기 때문이다
하마 씨가 구석진 그곳에 자리를 잡은 후
뒤로 푹 꺼져 있던 옷장의 척추가 반듯해졌다
바지의 무릎 관절염과 메리야스의 오십견도 사라졌다
곰팡이와의 분쟁도 해결되었다 하마의 너른 등을 타고
곰팡이는 그들이 태어난 벽 너머 습지로 되돌아갔다
요즘 하마 씨는 살맛 난단다 이제까지 온갖 습지대를
두루 거쳤지만 이곳만한 곳도 없다고 열심이다
형편이 나아져 이곳을 떠날 때에는

구겨지고 축축했던 아웅다웅의 시절들도 데려가리라

몸 안 가득 물을 품고서 헤벌쭉 웃는 하마 씨

우웅— 어딘가 또 습기가 발생했다는 경보다 출동이다

# 독감

오랜 수형 생활을 마치고 그가 나를 찾아왔다
헐렁한 가방 하나만을 들고 문밖에 서 있었다
그의 안색은 파리했다 두꺼운 입술 사이로
생두부 같은 기침이 연신 터져 나왔다
코는 빨갰다 아직도 수형의 철야를 밝히는
뻑뻑한 붉은 등이 꺼지지 않은 것 같았다
시린 손 모아 차 마시는 그를 창가의 인형들이 힐끔거렸다
그가 말했다 한때는 세상이 공룡 같아 보였다고
한때의 혈기 방자함이 그 공룡의 등에 칼을 꽂았다고
찻잔을 내려놓는 그의 손이 파르르 떨렸다
목도리를 끌러 따끔따끔한 목을 보여 주었다
두통과 고열에 포박되니 비로소 세상의 밧줄이 보이더군
나는 머리를 끄덕였다 대체 이 지독한 환절기에는
저 골치 아픈 손님을 어떻게 대해야 하는지,
젊은 날 공룡의 능선을 넘어온 끗발 센 그가 나를 덮쳤다
내 안에서 인면人面과 수심獸心이 그렇게 싸웠다

# 개를 위한 랩소디

희망이 새끼를 낳았어요 아이가 소리치며 새벽 마당을 깨웠지.

간밤 그 벼락맞은 날씨에 새끼 친 모양이야. 우리 집 희망이

밤새 신음 뱉다가 혼자서 태를 연 모양인데, 미안해서 어쩐

대야

주먹만 한 희망이 무려 일곱 새끼를 거느리게 된 것인데. 난

글쎄

궂은 날에 유독 불거지는 근심들 덮고 잠만 자지 않았겠나.

퀭한 눈동자로 새끼들 틈에서 일어서는 희망을 보니, 나도

고개 쳐들고 세상을 향해 우우우 울부짖고 싶더군. 승냥이처럼

당찬 작은 에미가 햐 장하기도 하고, 천둥 비바람 뚫고 태어난

쥐방울 만한 희망들이 이쁘기도 했지만, 난 글쎄 희망이 낳은

일곱이라는 숫자에 마음 더 둥글어지지 않았겠나.

세찬 비바람 끝에 솟은 무지개? 빨주노초파남보? 이름 붙이며

에구구 좋아라, 에구구, 꼼지락거리는 핏덩이들을 자꾸만 헤

아렸지.

## 벽 위의 길

시멘트 담장 가운데 박혀 있는
삐딱하게 기운 나무 문짝의 저 힘겨운 지탱,
벽에 쟁여진 시간이 묻어난다
문짝에 붙어 있는 낡은 광고 스티커
빗방울이 글자를 부풀리다 빗물을 흘러 보낸다
벽이 젖으니 갈라진 틈새로 스슷,
거미줄처럼 그어진 길이 잔 생각들을 지고 간다

곰팡이 슨 광고 스티커를 들여다보니
'길은 여기에'라는 글귀가 눈에 띈다
탁탁 문을 노크하자 아귀 맞추는 벽의 힘줄들
가로세로 나뭇결이 느닷없는 곳에서 만나
문을 지탱하고, 도저히 뚫을 수 없던 벽이
균열로 서로를 끌어당기며 벽 위에 길을 닦는다

퇴락이 주리를 틀면서 닦아 온 길,

벽 위의 길도 길이라고 뭔 날벌레 떼 지나간다

막다른 벽 앞에서야 갈 길을 찾은, 나도

벽에게도 길은 이빨 꾹 물고 자식을 낳는 일

용쓰다 금 간 생이 제가 낳은 길을 가슴에 새긴다

팍팍한 세월을 오랫동안 걸어온 게, 참

절절하게 와 닿는

## 스티커

차도에 잠깐 차를 세워 두었을 뿐인데

앞유리에 차악 달라붙은 불법 정차 스티커,

손톱으로 할퀴어도 콧방귀도 안 뀌는

난데없는 스토커를 만나 버렸네

운전석 유리를 가리고도 능청을 떠는 저 배짱!

찬물을 끼얹고 칼끝으로 후벼 팠지만

천지간 사랑은 오직 그대뿐, 곁에 있고 싶을 뿐이야

악착같은 스토커, 도무지 떨어지지 않는다

고개 휘는 운전 길을 나보다 앞서 간다

가다 말고 서다 말고

무슨 일이 있었느냐는 듯 내 속내를 들여다본다

내 차를 본 순간 눈에 불꽃이 튀었다는

나를 위한 그의 열정, 나의 부정; 그러므로

스티커라는 이름의 스토커는 나를 사랑한 것 아니네

끝내 들지 못하는 곳; 서성이는 우리

접착제의 끈끈함으로 사랑이라는 걸 한번?

글자마다 촉수 밝혀 한순간에 제 뜻을 드러내고
나의 낌새를 좇는 저 집착,
끈질긴 스토커 사는 곳이 고작 스티커 속이었다니
낯선 그를 감지한 듯 동네 개들 짖어 대네

# 초상화

아까부터 거울이
노인을 붙잡고 놔 주지 않는다
검버섯 핀 얼굴 위로 햇살이 쓰러지자
주름살이 주위의 긴장을 집어삼킨다
노인이 숨을 몰아쉬며,
욕망에 사로잡혔던 날들을 담배로 피워 낸다
입술 오므려 뱉은 담배 연기를
엄지손가락에 껴 보는 시늉을 하다가
거울에 붙잡힌 노인이 의자에 앉은 노인을
똑바로 앉히고 눈과 어깨에 힘을 줘 보라 한다
거기 푹 꺼진 눈두덩과 황량한 낯빛을 부추겨
열반에라도 드는 듯 손으로 턱을 괸다
거울 속 노인을 끌어당기는 칠 벗겨진 의자
퇴행성관절을 앓는 듯 삐걱거린다
두 노인이 마주 보며 꾹꾹 다리를 주무른다
다 따신 손이 그리워서 아픈 기라,

감색 단벌 양복을 입은 아버지

거울 속 황달 든 당신을 바라보신다

의료보험카드를 꺼내 놓고

병원에 갈 일 까마득히 잊은 듯

해 이울도록 거울 앞에 앉아 꿈쩍도 않는다

# 고창 고인돌

— 제6 군락지의 북방식 지석묘

정방형으로 관찰되는 지석묘 틈입에 서니
대숲이 오그라들었다 펴졌다 오그라들었다 펴졌다 한다
삽시간에 묘 아래 잠들었던 이들이 나를 훑는다
먼 원시의 어느 시간을 들쑤시는 바람이 없었어도
우리는 여전히 묵밭을 파헤치는 족속이었을까

아까부터 아이들이 고인돌 옆에서 뛰놀고 있다
웃음 소리가 잡풀 위를 뒹군다 저 어린 것들의 미래
거기까지 내다볼 천리안이 나에겐 없다
나는 다만 내 안에 기식하는 너무 많은 영혼들을
들들들 바람에 실어 보낼 뿐이다

지석묘를 휘도는 저 치렁치렁한 바람으로
나도 몇 번인가 죽어 장사 지낸 듯하다
삭을 대로 삭은 내 몸이 암흑의 땅에서 스며 나와
생을 바윗덩이로 거듭 치장하는 동안

저 고인돌에 기대어 나는 내가 꾼 꿈들이
까마득히 잊힌 신화였다고 생각한다


돌부리에 부딪혀 우는 아이를 일으켜 세운다
아이가 넘어진 자리에 드러눕는 거칠거칠한 바람,
내가 아니면 여기에 아이가 누울 것이다
문득 이생과 내생의 중음中陰이 떠올라서
이 모든 찰나에 비석을 세워 준다
그렇게 오랜 길을 달려온 이 교대,
나는 태초의 고인돌을 내 속에서 발굴한 것이다

# 똥참외

황사바람 치는 날이었다

'똥참외 20개 만 원, 맛보고 가세요'

글귀가 나를 잡아당겼다

비탈길에서 입간판이 돌덩어리에 눌려서도

간당거리며 차를 붙잡는 시늉을 했다

거기, 몇 발짝 뒤로 한 여자가 서 있었다

샛노란 똥참외 네 박스를 배경으로

박스에서 굴러떨어진 똥덩이 같은 참외 하나가

비탈길을 내달리는데,

달려가 주울 생각도 않고,

밑으로 밑으로 굴러 가는 누런 참외를 황망히

바라보고만 있었다

이승이라는 똥밭을 뒹군다 생각하는 걸까

웅크린 모습이 삶의 벼랑 끝에 선 깨구락지 같았다

추락을 견뎌내는 감각 장치처럼, 휘날리는

여자의 머플러에 똥물이 얼비쳤다

욕조 물에 똥 퍼지른 할머니

젯날 읊조리던 설운 해 질 녘의 어머니

······어쩌자고······ 거기 계세요?

*3*

## 여우비

등산 중인 휴대폰 속에서 느닷없이 뛰쳐나온 친구
어젯밤 같이 식사했던 친구가
잔뜩 붙어 있는 구름 속에서 전화를 걸었다
친구의 몸을 감싼 듯한 기다란 구름
구름의 관절이 우르르 무너지는 소리
햇살 틈새로 부스스 떨어지는 빗줄기들
소실점을 잃고 내린다, 멀리
송전탑이 전해 주는 몇십 년쯤 되어 버린 듯한 어젯밤
노래방에서의 웃음 소리, 호 호 호

몸의 긴장, 생의 질곡을 얼마나, 힘껏
빠져나왔기에 저토록 환하게 웃고 울 수 있을까
친구의 넋두리인 양 빛살 내리고 비 쏟아진다
퍼뜩 돌아서 그 가닥들을 쳐다보는 구름의 눈자위
나를 빗속에 가라앉히고, 흙비린내 물큰하다
뜬금없는 죽음 앞에서 눈물 짜 대는 구름들, 폐허들

물 냄새로 모천母川을 이루는 생멸生滅도

풍경에서 허공으로 저렇게 시들어 버리는 것!

구름 틈새기로 찡긋, 날빛이 한쪽 눈을 감아 보인다

# 나무들의 파마

머리칼 지지는 열기로 산속은 부산했다
낭자한 햇살 덕에 나무들이
한꺼번에 잎사귀 볶아 대고 연둣빛으로 염색하고
계곡물에 머리를 감는다고 와자하였다

산과 들에 펼쳐진 봄날 미용실
태양 미용사가 헤어 기기를 집어 들었다
햇살 드라이기로 머리카락 말리듯
나무들 위에서 열 바람을 쏘아 대었다

덥다고 나무들이 머리를 흔들었으나
누가 이 오지랖 넓은 미용사의 손길을 피할 수 있을까
일시에 머리 들이민 나무 손님들을 빠글빠글
파마해 주는 바람에 흙 비린 파마액 내가 넘실거렸다

졸음 쫓듯 나무들이 팔 뻗어도 봄날 미용사는 그저

고대기를 들이댄다 새순들 파마쯤이야

심심풀이 미용 실기라는 듯 마침내 자리를 털자

나무들이 삼삼오오 들뜬 모습으로 기지개를 켜 댔다

순간, 포르릉 새가 날자 숲의 커튼이 펄럭거렸다

# 유리 되다

마침내 그는 오래 닦지 않은 창을 닦았네
유리창에 하늘 끌어들이고, 구름 닦는
그의 손은 누추하고 쓸쓸해 보였네 유리에 들인 구름은
날기 위한 날개였던 것, 언젠가도 한번 구름을 기웃거렸네
새들은 가장 높은 곳에서 자신의 몸을 해체한다*,
벽에는 날기를 꿈꾸는 자들이 휘갈겨 쓴, 글이 있었네
유리에 그림자 진 나뭇가지에 한숨을 토해
한 장 나뭇잎, 잎맥이 말간 나뭇잎을 그리기 시작했네
입김에서 돋았다가 물줄기로 흘러내리는 나뭇잎들
투명한 이파리들이 그의 내부를 환히 비출 때
휘발하려면 질주해야 한다?
허공으로부터 새 한 마리 쏜살같이 날아들었네, 그 순간
타악! 그의 하늘이 유리로 변해 버렸네


간절한 날개로 바닥을 나는 저 새 한 마리
허공이 튕겨 낸, 퍼덕이는 그를 누군가 들어 올렸네

걸음을 멈췄던 사람들 돌아가고
바람의 손들이 그의 유리창을 닦아 댈 때
설핏, 월궁항아가 그의 하늘을 맴돌았네
멀리서 새들이 울었네


* 송찬호 시인의 「얼음문장4」 인용.

71

# 새콤달콤 딸기

새빨간 입술이 풍선껌을 부풀린다 터트린다 쫙쫙 씹기를 반복한다 한방 딸기 판매를 타전하는 풍선껌이 부풀 때마다 딸기들이 잇달아 켜졌다 픽, 쪼그라졌다 이렇게 간단히 세상이 꺼져버리기도 하는데 뭐, 길이 여자의 혀 속으로 도르르 말렸다 도로를 질겅질겅 씹어 대는 여자의 입속에서 딸기들이 뼈끔거렸다 새콤…… 달콤……새콤달콤 딸기…… 새콤달콤한……길

겨울에서 봄으로 가는 길이 초록 똥꼬치마로 얼굴을 감싼 딸기의 열망이 엿가락처럼 늘어났다 추운 기다림에서 떨어져 나온 새싹을 맛본 봄이 새콤한 입술에서 달콤한 입술로 건너왔다 그 경계에서 피어나는 내 그리움을 아는 체한다 딸기향의 너울이 새콤달콤한 사랑의 묵언들이 가판대의 딸기들을 먹어 대면 풍선껌이 붕, 봄이 팽팽해졌다

# 마네킹 미소

자주 경련이 일어난다, 내 입가. 어둠이 뜸 드는 저녁은, 내게 자세의 이완을 권하거나 그만 미소를 풀라고 한다. 또 달았다, 폐업이라는 명찰. 서점의 셔터 위와 내가 서 있는 옷가게 유리창에 붙은 알림판, 몇 달이 멀다 하고 업종이 바뀌는 상가, 하지만 아무래도 상관없다. 폐업에 관하여 나는 끼니 주문했던 건너 음식점만을 인정하므로. 귀가를 서두르는 차들이 생각난 듯 조명을 비춰 준다. 그때마다 나도 환한 미소로 답례한다. 내 친절이 유효하므로 아직 폐업은 아니다. 그러나 빛나는 조명은 금방 사라지고, 나의 족보는 부처의 미소에서 점점 석상이 되어가는 데 익숙하다 그러므로 웃어야지. 더 웃어야지. 웃음으로 바람을 붙들자 유리에 붙인 폐업,이 툭 떨어진다. 미소의 파장은 이렇게 세다. 길바닥에 나뒹구는 여자의 폐업이 바람에 굴러간다. 아무도 웃음을 사 가지 않아 굳어 가던 친절, 날마다 틀리는 패를 쥐고 습관처럼 웃던 여자를 대신하는, 공손히 웃는 견고한 내 호객 행위도 끝이다. 아니다, 손님이 다가온다, 결코 찡그리지 않는 여자다. 헤벌쭉 웃는 듯 우는 하회탈을 쓰고 온다, 느릿느릿…… 나도 연거푸 웃어야지, 얼어붙은 미소로.

## 벚꽃, 그 휘날림에 부치는


그대여, 나는 조금 가벼워지려네 바람의 귀를 만지며 속살거리는, 벚꽃의 그 낱낱이고 싶네 내 말이 그냥 그렇게 들린다면 그대의 애첩이 되고 싶다고 말하는 것이네


바람 따라 가벼움을 넓혀 가는 연분홍 꽃잎들, 그대 향한 설렘으로 들떠 있는 몸짓, 분분히 휘날리는 나를 담배 연기 후우 내뱉다가 왼손 펴 받아 주기를, 기우뚱 바닥에 내리는 모습이 안쓰러운 듯 그대의 엄지와 집게손가락으로 새삼 붙들어 주기를 꿈꾸는 것이네


조금은 쓸쓸할 그 나락까지 감내하는 것은 저물녘 지친 일상에서 돌아온 그대가 눈 지그시 욕조에 몸 담그면 은은한 향기로 피로 풀어 주겠노라 동동거리다가, 엎드려 잠든 그대 등 위에 누워 숨결을 다독이다가, 내 기척에 그대가 눈뜨면 창가에 나란히 서서 검푸른 밤에 떠 있는 환한 봄날을 말없이 보내다가, 그 이별이 서러워진 듯

그대 팔을 흔들며 그대여, 나는 조금 외롭다고 말하려 하네
내 말이 그냥 그렇게 들린다면 그대에게로 무한 가고 싶다고
말하려네 그래도 그냥 그렇게 들린다면 그대를 사랑한다고 말
하려 하네 그때 그대가 무슨 예감에 놀란 듯 창문 열고 길 떠나
는 화양연화의 그 찰나를, 벚꽃잎 두 개를 시집 사이에 간직해
주길 바라는 것이네

# 꽃술

꽃피는 일은 천천히 입을 벌리는 행위다
바람이 꽃 주위를 서성인다
툭―툭― 수술이
암술이 붐바 붐바 붐바


아랫입술에서 윗입술까지 벌어지는 높이에 비례하듯 세포
들이 꿈틀거렸지만, 나는 터치를 두려워했다 궁여지책으로 립
스틱만 발라 댔다 립스틱을 지운 화장지를 버리듯 바람의 말들
을 토해 내려 했지만, 내 일과와 바람의 의도가 비대칭이어서
하늘의 푸른 액정 화면이 상영하는 에로티시즘 영화만 지치도
록 보았다 눈빛마저 위태롭고 뜨거워져 마침내 꽃술에 취하면,
격정적인 연인의 꽃술이 달싹달싹 꽃잎이 아우성쳤다 키스, 키
스, 키스들 그 어질어질 피었다 지는 꽃을 바라보는


내 입시울이 자꾸 벌어진다
만개한 꽃들도 어쩌지 못하는 꽃술

생은 한 번의 꽃 핌으론 부족한 것?

꽃이 그리울 때마다 립스틱으로 여자를 그린다

꽃과 입술의 차이를 묻는 그대, 향유하시게

입술의 유혹에 비춰 보는 꽃이 향기롭다

# 총알 택시

탑승이 선택되는 이 제국에선

가속 페달이 밀어 주는 총구를 통해

두 팔 벌린 사통팔달 도로가 입력되지요

휘어 놓은 시간도, 탕! 반듯하게 펴지지요

손으로 도시를 움켜쥐고 있는 당신, 총잡이?

오늘도 당신은 핸들을 돌리며

손님을 의자에 앉히고 차례대로 장착하지요


바람이 빠르게 달려가요

창밖으론 사람들이 갈팡질팡해요

장착되기 전의 기억들이 희뿌연해져 가요

달릴수록 가속도 붙는 속도감

부푸는 만큼씩 간덩이도 빵빵해지겠죠

울컥불컥 열이 오를수록?


이 자리는 속도에 뒤처진 사람을 허용하지 않는 곳

쩔쩔매는 시간이 총열을 가득 채웁니다

암, 속도의 법칙을 지켰어야지

중얼거리며 핑그르르 몇 바퀴 총을 돌리는 당신

번쩍이게 닦은 방아쇠 끌어당기며,

씹던 껌을 뱉는

# 퀵서비스 맨


　—— 라라랄라, 로봇이야


태권V 노래가 귓바퀴를 때리면
오, 아무도 모르게 내 몸이 변신해요
오토바이 엔진 끓고, 네게 머리 위로 라굴라 헬멧이 씌워져요
숨을 몰아쉬며, 나
서비스를 싸비스로 읽어요 부르릉 쾅쾅
검은 연기 게우며, 태권V로 출동하지요


　—— 달려라 달려 태권V


로봇 출동은 나를 얼마나 방방 뜨게 하는가요
오토바이에 친친 감기는 굉음으로 도시의 고막이 찢어지겠죠
부자가 아니라서, 실업자가 아니라서 할 수 있는 나만의 변신!
두 팔 벌리고 슈웅 하늘로 날아오를 것이에요

— 날아라 날아 태권V

먼티 주머니에 새겨진 V 자 안에서 전화벨이 자지러지네요
허겁지겁 통화 버튼을 눌러요, 뻐끔거리는 저 아가씨
빨리 안 와요? 이름 모를 행성을 따돌리는 중이에요
휘휘 한세월 구름 속으로 토끼고 싶다가도
두 손을 바짝 당겨 16비트 리듬으로 그대에게 달려갑니다


— 멋지다 신난다 태권V 만만세

신속 배달 용사의 족보에 올라앉고 싶은, 나는 태권V
무쇠 몸과 날개로 폼잡다가 이가 몽땅 빠질 지경이었지만,
해와 달의 계주 따라 힘차게 쳇바퀴를 돌려요

# 날마다 생방송

가게 셔터가 도르르 올라가면,
봉구네 꼼장어집, 앞유리는 TV 화면처럼 현장 방송을 하지요
어미 잃은 손주 새끼 어찌 키워야 할지 도통 모르겠구면
할매가 독백을 하고, 우리도 모르겠어요 좌우로 고개 젓는
선풍기형 벽걸이 난로 앞에서 안절부절못하다가
시청자들 위해서 악다구니한 어제의 브라운관을 닦아요
양철 식탁 불판에서 꼼장어가 꿈틀꿈틀 길을 내고
고양이 한 마리 엑스트라로 어슬렁거리면, 누구나
드라마에 캐스팅될 수 있죠! 당신도 발길을 멈췄던가요?
지금 당신이 연기하고 있는 바로 그곳
군침 도는 꼼장어 냄새에 두리번두리번 출입문 찾는 가로수는
나뭇잎을 둘둘 말아 출연자들에게 팬레터를 날리지요
안 돼, 안 돼, 벽걸이 난로들이 연방 도리질해 대도
빙 둘러앉은 우리는 줄기차게 오늘을 퍼 마시고
앞치마에 매달려 떼쓰는 손주 어르는 할매는 만능 연기자처럼
눈물 훔치는 할매 역도 하고 회초리 찾는 어미 역할도 해요

하지만 정작 자신이 유능한 연기자라는 것은 몰라요

화면에서 빠져나온 꼼장어 냄새만이 시청률 높이려는 듯

행인을 붙잡고, 입맛 다시게 하고, 세트장을 드나들게 해요


통유리 가득 실시간 삶을 방송한 오늘의 드라마

클라이맥스가 뭐였냐고요?

쪽문으로 불쑥 뛰어든 고양이, 꼼장어 물고 달아난 장면이
었죠

# 두물머리* 가는 길

아이들처럼 얼레꼴레
얼굴 부벼 대는 개망초꽃들

꽃 위에서 술렁이던 물 바람이
두 물줄기 만나는 곳에서 물컹해진다

빗방울 몇 낱이 떨어진다
머리카락이 비를 맞고 빳빳해진다 빠르게
그러나 천천히 걸으려는 신발의 고집

돌부리에 걸려 몸이 삐딱하게 쏠리자
찢긴 신발 앞코에서 울컥 눈물 흘러내린다

내리내리 앞으로만 내달린다는 건
다른 길에 미련이 많다는 것?

걷고 있는 길 위로 겹쳐질 수 없는
저기 저쪽 길을 걷는다 해도
그 길 위에서는 또 이쪽 길을 바라리라

옆으로 몇 걸음 종종댈 뿐
나날의 먹이에서 신발이 자유롭지 못하므로
걸으면서 바라보는 다른 갈래의 길

내달리던 바람도 제 안을 들여다본 듯
몸 휘어 강물 위에
탁탁탁 빗방울을 터뜨린다

아하, 저 물소리
어둡기 전에 한 물결로 만나려 애쓰는
꼬리에 꼬리 무는 개망초 흰 물살들 하염없다

* 남한강과 북한강 두 물이 만나는 양수리의 옛 지명.

# 취한 말들을 위한 시간*

공장 마당 한구석에는 우리들 가슴처럼, 찌부러진
평상이 있고 평상에 앉은 우리를
축 처진 하늘이 내리누르고 있었지
아프고 무거운 폐업이라는 말, 구름 속에 숨겼어
몇 잔의 막걸리를 털어 넣어도 좀처럼 숨통을 트지 않는
먹구름들 대신 막걸리병이 콸콸콸
모든 변명을 해 댔지
쓰레기더미로 결제된 오늘을 쏟아 내지 마
관장약 쑤셔 넣고 쏟아 내는 설사처럼 쏟지 마! 쏟지 마!
누군가 평상을 쳐 대며 발악한 순간, 휘이힝
언젠가 던진 부메랑처럼 새 떼들이 날아든 거야
부메랑에 놀란 듯 벚꽃이 눈발같이 흩날렸지
처리되지 않은 변비증으로 우리의 말들이 날뛰는 때에
새 떼가 승리의 V를 그려 보이다니?
한때 우리도 두 손가락 세워 흔들며 환히 웃었으리라
갑자기 우리가 짓밟아 놓은 말들을 내려다보기가 민망했지
그래서 지치면 자리 바꿔 나는 새 떼를 그저 올려다봤어

그때 누군가 숨통이 트인 듯 방귈 뀌자 모두 웃었어
웃으면서 새의 부메랑을 위하여! 건배 제창하자
새 떼 떠난 구름 속에서 말발굽 소리 들리는 듯했지
그제야 우리는 막걸리 잔을 어둠으로부터 거둬들였어


* 바흐만 고바디 감독의 영화 제목을 빌림.

# 바람아래* 들다

바람을 끌어다 앉힌다, 양다리 벌린 채
엄마는 반쯤 짠물에 젖어
몇 척 폐선 거느리고 갯벌에 퍼질러 앉아 있다
솔가지가 바람을 깨문 걸까 솔잎의 까칠한 고요!
아버지의 딱딱한 말들은 한 말쯤 모래로 모여 있다
나는 손가락으로 머리칼을 빗질하며 아빠라고
발음했다 그 바람에 파도 소리가 엄마 가랑이 사이에서
부화한다 모래사장이 또 지저분해졌잖아
참을 수 없다는 듯이 해송이 비질해 댄다
오랫동안 쓸지 않은 모래 마당에 밑줄을 긋는다

밑줄로 기억되는 것들이 바람 소리를 낸다
갯벌로 몸 빚어 아이를 낳는 것처럼 엄마는 누워 있다
물비늘에서 갓 태어난 나는 가랑이 사이에서
바다를 본다 바람아래의 뒤척임은 엄마이며 속절없이
자라는 나이기도 하다 엄마는 파도의 옷을 입었다

벗느라 한창이다 날렵해진 바람은 엄마에게도
나에게도 잡히지 않는 아버지를 마구 불러 댄다
아버지는 내가 뱉어 내야 할 말 속에서 자신을 고집하고
엄마는 버둥거리는 아버지를 불러, 그만 주무세요
다독이며 점점 식어 가는 아랫도리를 달에다 바친다
달이 훤히 떠올라 바다를 어르는 밤이면
바람아래엔 바람을 탄 달빛 여신이 납신다

아랫도리에서 비릿한 갯내음이 난다, 황홀한
달의 출혈

* 바람의 여신이 보호해 준다는 태안군 안면도 소재의 바닷가.

# 붕어빵

꼭 닮은 제 아이를
통통하게 살찐 엄마가 바라보고 있다
붕어틀 위로 부어지는 밀가루 반죽
자작하게 차오르자
잔 근심 같은 단팥이 내려 얹혀진다
걱정을 감추듯 엄마가 반죽을 마저 채운다
빵틀 붕어의 살 속으로
골고루 잉걸불이 스며든다

붕어틀이 입을 뻐끔거리자
아이가 건널목을 안전하게 건너온다
잔 걱정을 털어 내며
엄마가 붕어빵을 꺼내 준다
붕어 한 마리를 깨물며
아이가 활짝 웃자
똥그란 눈을 껌벅거리는 붕어빵들
엄마가 다시 빵틀에 밀가루 반죽을 붓는다

# 은행나무 물고기

하오의 빛살을 화관처럼 쓰고 있던 은행나무 생각나니?
그 황금 나무가 커다란 물고기처럼 퍼덕거렸어
비늘이 부서져 내렸지

황금 비늘을 들키지 않으려는 듯, 부채로 가리느라
골똘한 그 황금 물고기가 글쎄 회오리바람을 타는가 싶더니
한순간에 '휙' 하고 하늘로 솟구치는 거야
쉿, 그건 눈부신 비상이었어!

그날 이후 은행나무들은 비늘 대신 황금 부채를 휘날렸지
별자리로 반짝이는 황금 물고기 후예답게
꿈의 황금 알을 낳아 주는 거야
그래서 노란 은행잎을 함부로 밟을 일 아니라는 거지

어제 저물녘에
난 사라진 물고기의 황금 비늘 하나를 책갈피에 끼워 넣었어

# 담쟁이덩굴

떠억 버티고 있는 벽 앞에서

절. 망. 하. 다. 가

힘줄이 다 드러나도록

달라붙어 담벼락에 길을 내는

삶을 박음질해 가는 엄니의 손을 보았네

바늘귀를 잡은 손길

옆으로 꿰고, 모로 공글리고

덩굴 실이 오그라들고 비틀게 뻗어 나가도

바느질 멈추지 않았네 바람에 손목 꺾여도 한 땀 한 땀

기다란 줄기로 벽을 꿰매 가는 억척스러운 바느질

벽 앞에서 고꾸라져 우는 것

생의 벼랑을 통과하는 의례란다, 응원하던

핏물 들어가는 손이었네


어머니 앞섶에 꽂혀 있는 바늘들

인제 그만 좀 뽑아 버리라고 투덜거리다가

무료 영정 사진 찍는 어머니에게 다가섰다가

구불구불 뻗은 링거 호스와 주사 멍 자국 보고, 울컥

눈시울 붉어지는 저물녘

*4*

# 질긴 길

제자리 걷기를 하고 있었다
누군가 신다 버린 낡아빠진 신발 한 짝
편마모의 빈 발로 길을 궁리하고 있었다
기어이 더 가야 할 곳이 있다는 듯

잃어버린 짝을 골똘히 생각하는 것 같았다
훌쩍 떠나버린 신 때문에 헤매는 것도 같았다
그저 걷는 것이 제 일이라는 듯 나선 길 같았다

거침없는 발길에 차여 한 번쯤은 펄쩍
구르면서 어디론가, 어디론가 가고 있었다
날뛰는 자동차의 행렬에도 느릿느릿
끽, 소리 한 번 없이
풍찬노숙의 길을 하염없이
너덜너덜해진 신께서 바닥을 걷고 있었다

깜깜해질 때까지 당신이 당신의 신을 찾고 있을 때

# 논우렁*을 묻지 마라

  황사 바람 불자 한꺼번에 발버둥 치는 스카프들 흩어진 날들처럼 좌판이 들썩인다 말씀도 없이 어머니 먼지만 털어 댄다 먼지떨이로 바람과 먼지의 경계를 후려치는 동안 나는 어머니에게 스며들어 장사 밑천을 파 먹곤 하였다 엄마, 제발 먼지 좀 그만 떨어 대세요 뿌연 먼지가 때로는 위안이 되는 날, 스카프들 추스르듯 내 등짝을 때려 대는 어머니 작고 둥그런 그 몸뚱이 뒤로, 먼지 바람이 공중에서부터 곤두박질쳤다

  함부로 손 놀리지 마라 고생 않고 얻는 건 다 헛것이니께 우르르 몰려왔다가 다시 흩어지는 흙바람, 전대에 손 꽂은 채 어머니 중심을 잡지 못해 이리저리 쓸렸다 40년 간 병든 자식에게 밥 씹어 먹인다는 테레비 속 우렁 어미와 눈 마주친 순간, 나는 새끼 우렁이였다 빈껍데기 어머니를 날릴 듯 누런 먼지가 거리를 한 번 더 쓸고 달아났다 사라지면서 거짓말처럼 우우,

  *토종 우렁으로 다른 우렁과 달리 알을 몸 안에 품었다가 새끼를 낳는 난태생 번식을 한다.

97

# 도서 유물 전시장

파도 위에 책장을 세워 놓은 채석강*
짓눌려 휘어지고 닳은 책들의 모서리를
한 아이가 고개 숙여 들여다보고 있다
바람이 주문 외워야 비로소 읽을 수 있는 책들
바위, 바다, 바람······
문장들은 파도의 물결에 쓸려 떠다니거나
발랄한 바다의 서사를 노래 부르고
장단을 맞추는 바람 소리에 들썩이는 책 페이지들
구석구석에 박혀 있던 활자가 모래 먼지로 날린다
순간, 아이는 사라지고
갈매기들이 사람들이 읽지 않은 글을 헤집는다
갈매기가 채 삼키지 못한 우뚝 솟은 문장
소라껍데기 닳은 시구가 살가워 보여
나도 오랜만에 움찔하는 소라게의 시를 본다
오래도록 짓눌려 곧 허물어질 것 같은 서가
책 사이를 돌아다니며 묵향 흠흠거리는 바람처럼

내게도 빽빽하게 차오르는 책벌레의 갈증이 인다

계속 책을 훑다가 읽어 주다가
기저층으로 쌓인 역사서를 대출해 주려는지
도서 틈바구니에 누군가 꽂아 둔 노란 산국을
바람이 자꾸만 흔들어 댄다


\* 변산반도의 바닷물에 침식된 절벽층. 마치 수만 권의 책을 쌓아 놓은 듯
하다.

# 고래

1

일주일에 한 번쯤은, 꼭

우리 집 오래된 침대에 고래가 출몰한다


2

사내가 몸을 던지자

침대는 사내의 뒤척임 따라서 항해를 시작한다

제발 나를 내버려 둬, 사내가 중얼거리며 이불 뒤집어쓰면

이불에 아로새겨진 파도 무늬는 포세이돈의 푸른 전설 되어

물결처 오른다 비릿한 술 냄새 뿜어 올리며

고래 한 마리가 생생 불식 꿈틀거린다

고래의 뒤척임에 신명난 침대가 흔들흔들

바다를 한껏 부풀린다

헤엄처라, 고래야 본류는 먼 바다란다

문틈의 빛줄기도 고래 등에 슬쩍 올라탄다

포획된 고래 위에서 이리저리 항해를 시도하지만,

꼬리지느러미에서부터 밀려오는 마찰 저항!

사내가 이불을 확 걷어찬다

파도가 스러진다

낡아빠진 침대 위 웅크린 사내의 등이 훤하다


3

아버지, 관절 삐걱거리는 소리 몸살로 밭은기침 하는 소리
질펀히 몰려왔다가 휩쓸려간 짠한 소리에 흠칫, 쾡한 자명종
소리 듣는다 불시에 술고래, 잠고래는 먼바다로 떠나 버리고
거기까지 나를 데려온 사람만 있다 누운 자국이 침대에, 우묵
하다 이미 누운 당신과 다시 눕는 내가 이불을 끌어다 덮는다
창밖 물빛을 본다

# 껌 씹기

### 1

뭔가 찝찝하여 안절부절못하던 그
뭐, 꿩 대신 닭이라는 듯

### 2

누군가가 고까웠어도 그렇지 이 추위에 내 옷을 벗겨? 뭐, 한
설전舌戰 원하신다면야 쩝쩝 입맛을 다시기도 전에 기꺼이 당
신의 혀 위에 올라가 드리죠 잠깐의 탐색전도 필요치 않죠 맘
당기는 순간 개운치 않은 뭔가를, 짜증 나는 누군가를 씹으면
되지요 날아든 펀치에 질경질경 침칠도 하고요 저만큼 팅겨 혓
바닥으로 탄력 붙여 주면 사는 게 왠지 시소 타기처럼 올라갔
다 내려갔다 신날 거예요 느닷없이 혀 깨무는 실수를 하더라도
뜻밖에도 당신의 당신들과 자꾸 맞서게 되더라도 씹고도 씹어
요 한순간에 단물 빠졌다고…… 에워쌌던 불빛, 응원꾼들 사
라졌다고…… 시큰둥 않아야 사나운 당신의 성질머리 때려눕
힐 수 있잖아요? 회전마다 입맛에 맞는 상대를 찾는 게 미덕이

겠지만, 녹다운시켜 놓고도 무표정할 수 있는 혀 위에서의 씨름, 어때요 당신을 눈발 날리는 거리에 세워 둔 채 등 돌린 사람들 대신, 나를 씹어 대다가 혀끝에 사뿐히 앉혀 놓는 순간 당신의 찝찝함들 잽싸게 꼬리를 감추어 버리겠죠 개운한 당신만 환원되지요 개켜진 냅킨처럼 다소곳하다가 쩍쩍 노래하기도 하는 나는 맹세코, 당신의 악어새라구요 그러니 통보 없이 게임을 툇!

　끝내지는 마세요

# 은하철도 999

1

열차 자동문이 열리자 승객들이 승하차를 한다

2

누구에게나 흔들리는 하루였던가 일생이었던가
가까스로 열차를 탄 게 신난 우리는 과장되게 웃어 젖혔다
좌석에 앉아 울 때까지 때리기, 가위바위보를 했다
지상에서의 마지막 밤을 위하여 한 잔 술을 들기도 했다
그것만이 우리의 궤도 이탈을 부추긴다고 생각했다
서로가 입 밖으로 꺼내지 않는
열차까지 따라붙은 질긴 생의 끈을 애써 외면하듯
한 번쯤은 들어봤을 얘기들을 해 댔다, 정차하는 역에서는
우리는 입 째지게 웃어야 했으며, 통쾌하지 않으면 안 되었다
스쳐온 날들처럼 역들은 지나쳐 갔다, 예전이나 지금이나


하지만 천장에서 쏟아지는 전등 빛이 희번득희번득 달라붙고

열차 뒤꽁무니의 어둠이 우리를 어둑어둑 집어먹었다

오늘 짐 싸며 안녕을 고했던 서러움이 서성였고

삼십여 년을 담은 가방은 너무도 작고 누추했다

달 가까이 가서는 우스개 농담조차도 침묵으로 폼을 잡아 버
렸다

누구라도 우리에게 말 붙여 주면, 졸지 않고 흐느끼지 않고

칙칙폭폭 희망의 별까지 갈 수 있을 텐데, 둘러봐도 차가운
얼굴들

우리는 누가 먼저랄 것도 없이 구름 잠바 속에 얼굴을 파묻
었다

잠바 속 두툼한 구름도 하늘에서는 눈가의 눈곱!


3

다 왔냐? 당 멀었다 당 멀었냐? 다 왔다*

노란 조등 영영 밝힌 기차가 밤하늘 길을 따라 사라졌다

* 박영희 시인 시구 인용.

# 이방인의 햇살

봄 대낮에, 중년의 사내가
전철 의자에 앉아 졸고 있다
봄 햇살이 흔들릴 때마다
비대한 사내의 고개가 내게 기울어진다
흘리는 침의 길이만큼씩
입이 벌어진다

후덥지근한 공기를 가르며
저릿저릿한 햇빛이 전철 안을 쓸어 댄다
앞에 선 여자가
책 읽는 것도 잊고 헤죽헤죽 웃는다
기형으로 투시된 햇살이 망막에 닿아 있다

마냥 기댈 것 없을 때 있지, 그냥
시득시득 시들어 가는 사내에 매달리며
나는 문득 솔기처럼 붙어 있는 손톱 살을 뜯는다

사내의 게트림
참을 수 없는 존재의 모호함?


로봇처럼 굳은 몸에서 눈알만 용수철처럼 튀어나온다
생각의 끝자락에서 달랑거리던 식은땀이 떨어진다
철길 밑 한강으로 툭
밀어 버려?


사내를 쳐다보는 순간, 덜컹
터널이 혼비백산하는 햇살을 삼키고 입맛 다신다
카뮈의 이방인을 움켜쥐고 갈가리 칼질하던
내 시신경이 궁싯거리다
유리창에 부딪는 불빛에 칼침을 당한다

# 눈물바다

오랫동안 만나 보지 못한 친구 아버지의 문상이라
슬픔보다는 반가운 마음이 앞섰는데
지하 계단 내려가 장례식장에 들어서자마자
눈물이 흐르기 시작한다, 뚝뚝뚝
바닥으로 떨어지는 눈물방울
상주와 얘기하는데도 멈춰지지 않아 민망하기 그지없다

삶의 흔적을 기리는 듯 연신 흐르는 눈물
지금 눈물주머니에 들어찬 건 망자의 상심 같은 제 서러움!
나에게로 와서 죽은 고해苦海의 날들
죽어도 떠나지 않는 본연의 서러움들
상가까지 따라와 덩달아 울음을 쏟는 것인데
저만치 고인 위한 촛불까지도 눈물 흘리고 있었다

삶이란 게 뭔가, 뭔가, 파도치는 물결물결
희디흰 물소리 내는 사람들 짠 물결 넘실거리는

장례식장에서 눈물이 소금되는 생의 바다를 보았다

염부의 수분을 빨아들여 핀다는 소금꽃,

그때 별빛으로 반짝였다

# 황태

1

바다에서 돌아온 그 사내는 자주 서성였다
민숭민숭 노을만 키워 대는 앞산에서나
물 흐르는 시늉만 내는 개울가에서나

개울 바닥으로 내려가 돌덩이들을 들춰서
물길을 터 주곤 했다
개울물이 그가 만들어 준 물길 따라 흐르면
걸 걸 웃으며 이내 집으로 돌아갔다

그런 날 저녁에 눈보라를 헤쳐 나가는
바짝 마른 그의 몸과 퀭한 눈을 보았는데
그는 놀이터 철봉에 얼굴을 걸치고는 부르르 떨었다
눈바람 속에서 오래도록 매달려 있었다

2

접시 위에 누워 있는 황태에 젓가락을 들이댄다

일흔 번쯤 얼고 녹았을 몸뚱어리가 제 몸을 부려놓는다

횡계 북면 눈발 속에서 살가죽 벗어던지고 내장을 비워 내고 맨몸으로 극기 훈련하던 무리, 단전까지 써늘한 용대리에서 몸뚱어리들이 줄줄이 매달려 체력 단련하는 모습이었는데

버석버석 마르던 무리는 입에 풀칠하느라 굳은 껍질 벗어던진, 김치 안주 앞에 두고 소주 홀짝이다 멍하니 허공을 바라보는 눈동자가 점점 커지는 족속이었는데, 목구멍만 위하다가 삶을 접고 싶지 않아 이러지 정신 단련의 끈을 입에 물고서, 눈보라 속에서 제 물기를 얼리다가 말리다가 다시 헤엄치려고 지느러미 쓰—윽 내 입속으로 들어온, 자식 위해 살신성인한 어버이들의 바짝 마른 살점이 아닐는지

한 살덩어리의 웃음과 울음이 자근자근 씹힌다

# 코바늘뜨기

거미줄이 바람에 흔들리는 걸 본다 그가
요즘 들어 자주 물끄러미 창밖을 내다본다
늦가을 햇살이 창유리 너머 이마를 들이댄다
그의 몸을 감싼 귤빛 털실이
햇살에 반사되어 눈초리 감기게 한다

나 따윈 관심 없다는 듯 앉아 있는
끌어당길 때마다 한 바퀴 도리질하는
그를 못 본 척 코바늘을 꺼내서
한 코 한 코 그를 꿰어 잡아당긴다
그의 방류된 근심들을 더듬으며 툭툭

못 이긴 척 끌려 오면서도 자꾸만 돌아앉는 그
급기야는 홱 굴러떨어져
현관까지 나아가지만 신발은 신지 못한다
덥석 발목 움켜잡는 털실에

이미 꿰어진 코에 체념한 듯, 힐끗 쳐다본다

살아간다는 것은 서로의 눈길을 꿰는 일이다
한 코 추켜올려, 복수초福壽草 위에 나비 문양을 수놓는다
요즘 부쩍 비틀어 짜 대는 코바늘 따라서
그가 줄줄이 딸려온다 얼마나 많은 기다림을 짜야
그의 눈빛으로 태양까지 짤 수 있을까

# 즐거운 거래

낙엽 구르는 길가, 당신은 손수레 뒤에서
겨울로 가는 길을 낸다 기우는 햇살에도 아랑곳없이
플라타너스 아래서 밤 굽는 내를 바람결에 싣는다
칼집 낸 밤알 틈새로 시름이 새어 나온다

한숨을 쉬어 대던 밤톨들, 움찔 놀라 탁탁
높이뛰기 하다 착지한다 그렇게나 먼 길로 튈 거였으믄
밤맛 들여 주지 말 것이제. 헛기침 해대며,
당신은 목장갑 손으로 밤껍질 까 주던 그를 찾곤 한다

고소한 꿈으로 쩍쩍 갈라지는 군밤들
아서라! 때를 놓치면 안 되는 법이구먼.
연기 자우룩한 껍질을 화덕 귀퉁이로 밀며 나무란다
우리 서로의 입속에 밤알을 넣어 주게 한다

그 살 껍질에서 나온 토실한 속을 맛본다

한평생 밤처럼 구워 왔을 당신의 웃음 앞에서,

두꺼워진 낯짝 한 꺼풀 벗어 버리는 거래는 어떤가

당신은 또 밤을 석쇠 위에 올려놓는다

무심히 지나칠 수 없는 구수한 군밤 내

# 황사 주의보

3월 저물녘의 뿌연 먼지 바람
달려들면 달려드는 대로
어찌해 볼 도리 없는 저 황사는

내몽고쯤에서 날아온 흙바람이 아니라
오리무중의 당신에게 더욱 기승을 부리는 애증
아니라면 구절양장의 길을 걸어온 그리움 아닐까

하늘에 만상을 그리는 것이 그리움이어서
저리 그리움 자욱한 종횡무진의 허공에서 되게 쏘는, 황사
편서풍의 상승 기류에 냅다 올라타 생활 곳곳에
막무가내 파고들고 스며들고
방독면과 선글라스로 무장해도 당신을 덮치지

그리움은 어디에나 깃들 수 있다는 듯
한사코 당신의 눈곱만 한 눈물이라도 보고 말겠다는 듯

금세 손에 만져질 듯 결코 잡히지 않는

저 그리움을 어찌 가라앉힐 수 있으랴


사랑이 뭇 감정의 집요함으로 바뀐 까닭을, 일일이

짐작할 수 없지마는

아뿔싸 그리움의 몹쓸 성깔로 하여!

짐짓 아닌 척 당신도 눈가를 훔칠 수밖에 없겠지

# 손빨래

손톱을 세우면 말의 고집도 질겨진다
부르르 주먹 움켜쥐고, 밤새 다투다 일어나 빨래를 한다
싸움처럼 거친 숨소리 내야 옷들도 비로소 표백되는 법
빨간 고무장갑 끼고 와이셔츠 목을
짓누르면서 박박 주무른다

엎어치기를 일단, 이단, 삼단
강도를 높여갈수록 부푸는
비눗방울은 말의 흔적이거나 자존심이거나 혹은 눈물?
수만 가지 생각이 아우성치다가
쏟아지는 차가운 수돗물에 소스라치며 넘어진다

어젯밤의 쇳소리가 빨랫줄에 걸려 있는 아침
잔뜩 인상 찌푸린 채
그를 비틀어 짜서 옷걸이에 걸고 단추를 채워 준다
축 처진 그의 어깨는 이미 고집을 놓아 버렸나

후줄근한 그 모습이 하룻밤 사이 폭삭 늙어 버렸다

살가죽 멍이 들도록 물고 늘어졌던 손가락으로
한껏 옷깃까지 세워줘 본다
그래도 그의 헐렁한 몸이 축 처져 있다
가까스로 빠져 나간 내 고집이 허공의 손이 된 걸까
척척해진 그를 어루만지며 바람이 토로한다
그가 미칠 만큼 섭섭한지 미쳐지지 않을 만큼 외로운지

# 장갑

누구의 손도 잡아 준 적 없는 내 손을
네 손인 듯 포근히 감싸줘 고마웠다
진눈깨비 휘몰아치던 날 옷깃을 여며 준 일과
격한 가슴 쓸어내리다 책상 내리친 일을 후회하며
우격다짐하듯 불끈
주먹 쥐어야 힘 되는 줄 알았던 내 구부러짐을 편다
실밥 헤진 얼룩의 날들을 싸안고
손바닥 잔금들을 측은한 눈빛으로 보지도 말고
이제 길을 떠나라
아직도 꽃샘추위가 작두날 벼리지만
네 따스함이 주먹을 펴게 했듯
맨손으로 누군가의 언 손을 녹여 줄 차례다
살아가노라 살갗이 꺼칠해질수록
얽히고설킨 손길이 둥글어질수록
내 욕심도 닳아지고 그러다 나도 접혀지겠지
그러므로 마지막 손을 내밀며 슬퍼하지 마라

어느 한군데 성한 곳 없는 육탈 보시의 네 몸 보며

이게 삶이거니, 나 묵묵히 손을 놓는다

# 말타기

거들떠보지 않던 당신의 말들, 무심코 떠나보낸 내 말들이, 요즘 자주 되돌아와 뭐라 뭐라 합니다. 그러다 보니 당신의 배경보다 말의 동정을 살피는 일이 잦아졌습니다. 한 마리, 두 마리…… 여러 마리가 뒷발질하며 티격태격해 댑니다. 말의 고삐를 먼저 잡지 못하면 말굽에 치받힐 것 같아, 나도 어림짐작이라는 말문을 움켜잡고 당신의 말을 헐뜯으며 후려치곤 합니다. 내 채찍질에 말 떼들이 히힝힝 울부짖고 말머리를 들이박으며 날뜁니다. 떠받힌 말의 성깔이 여기서 털썩, 엎치락뒤치락 뒤얽힌 것인데! 당신의 거침없는 말에 한 방 맞은 내 말이 오늘도 부르르 떨고 있습니다. 자, 보세요, 말을 걷어차려는 찰나, 저만치 당신의 말과 실랑이했을, 내 벌어진 잇새로 뛰쳐나갔던 말들이 되돌아오고 있습니다. 워워, 말편자가 다 닳았잖아?

죄송합니다. 늦게나마 제 말이 먼저 날뛰었음을 인정하며, 당신의 말 잔등을 쓰다듬습니다. 혹여 내 말들이 따각따각따각 당신 주위에서 시끄럽게 굴더라도 뼈 없는 말이오니, 그냥 한

번만 웃어 주십시오. 이랴! 말 속에 말들이 있습니다.*

* 김기택 시 「교정보는 여자」 시구 인용

# 사랑과 근원을 상상하는 순간들

유성호(문학평론가 · 한양대 교수)

1

우리가 잘 알듯이, 서정시는 지나간 것들 혹은 사라져 간 것들을 순간적으로 탈환하고 복원함으로써, 그것들을 결여하고 있는 '지금 여기'의 삶을 돌아보고 '오래된 미래'를 꿈꾸는 쪽으로 현저하게 경사되는 특성을 가지는 언어 예술이다. 이때 서정시를 구성하는 원리인 '기억'은, 현재에 대한 우회적 비판을 수행하고, 미래적 비전은 이러한 탈환과 복원의 순간성 속에서 가능해진다. 이러한 서정시의 오래된 직능은, 주체의 근원과 정체성을 새삼 확인하고자 하는 '동일성 시학'을 완강하게 고수해 가는 경향을 띤다. 정미 시인의 첫 시집 『개미는 시동을 끄지 않는다』(문학세계사, 2015)는, 이러한 서정시의 욕망과 기율을 깊이 충족하는 세계, 곧 각별한 기억과 근원 지향의 속성을 남김없이 보여 준다. 그녀는 우리가 언제나 시간의 규율 속에 살아간다는 사실을 깊이 자각하면서, 시간의 불가역성을 거슬러 기억의 재현 작용을 통해 시적 현재를 첨예하게 구성한다. 그래서 그녀의 시편들은 무의미한 집적으로 보이는 시간을 충일한 의미의 시간으로 바꾸면서, 이러한 기억의 원리를 충실하게 결속해 낸다. 그 기억의 과정에서 그녀 시편들은 가장 역동적인 흐름을 보여 주는데, 다음 시편은 시간 속으로 묻혀 간 기억이 얼마나 선명하고 아름다운 것인가를 뚜렷하게 보여 주는 사례일 것이다.

봄날 아침

노랑나비 날개에 스민 연노랑 빛을 보니

반은 햇살이고

나머지는 당신의 따스한 눈빛

그 외따로운 혼魂빛을 나도 같이

빛낸 듯해

눈빛을 반짝인 듯해

가을 아침

노랑나비 날개에 맺힌 이슬을 보니

반은 눈물이고

나머지 반은 당신의 맑은 그리움

그 시린 세월을 나도 같이

살은 듯해

사는 듯해

아찔, 아찔하게 겹쳐 있는 듯해

— 「화접몽花蝶夢」 전문

'화접몽'이란 문자 그대로 '꽃'과 '나비'의 꿈이다. '꽃'과 '나비'는 호혜적으로 사랑을 짧게 나누다 필연적으로 이별을 맞는 비극적 사랑의 주인공들이다. 가령 '꽃'의 시선에서 봄날 아침 바라본 "노랑나비 날개에 스민 연노랑 빛"은, '햇살'과 '당신의 따스한 눈빛'으로 이루어져 있다. 이때 화자는 자신이 '그 외따로운 혼魂빛'을 같이 빛내고 눈빛을 같이 반짝인 듯한 환각을 가진다. 미적 순간이 존재론적 자각의 순간으로 이월하는 장면이다. 또한 가을 아침 바라본 "노랑나비 날개에 맺힌 이슬"은 '눈물'과 '당신의 맑은 그리움'으로 이루어져 있는데, 화자는 역시 '그 시린 세월'을 같이 살았고 또 살아가는 듯한 아찔함을 느끼는 것이다. 이때 환각과 느낌의 주체는 당연히 '화접몽'의 한 축인 '꽃'일 수도 있고 시인 자신일 수도 있다. 아니 어쩌면 '꽃=시인'이라는 등가적 존재가 '나비'의 처지에서 지난날의 사랑과 그리움을 노래하는지도 모른다. 결국 이 작품은 정미 시편의 서정적 기조가 '사랑'과 '그리움'에 놓여 있다는 것을 알려 주는 맑고 고운 시편이 아닐 수 없겠다. 그렇게 "그리움은 어디에나 깃들 수 있다는 듯"(「황사 주의보」)한 감각을 허락하는 이 시편은, 정미 시편의 확연한 정서적 지남指南으로서 강한 흡인력과 형상성을 가진 사례라 할 것이다.

그대여, 나는 조금 가벼워지려네 바람의 귀를 만지며 속살거리는, 벚꽃의 그 낱낱이고 싶네 내 말이 그냥 그렇게 들린다면 그대의 애첩이 되고 싶다고 말하는 것이네

바람 따라 가벼움을 넓혀 가는 연분홍 꽃잎들, 그대 향한 설렘으로 들떠 있는 몸짓, 분분히 휘날리는 나를 담배 연기 후우 내뱉다

가 왼손 펴 받아 주기를, 기우뚱 바닥에 내리는 모습이 안쓰러운 듯 그대의 엄지와 집게손가락으로 새삼 붙들어 주기를 꿈꾸는 것이네

　조금은 쓸쓸할 그 나락까지 감내하는 것은 저물녘 지친 일상에서 돌아온 그대가 눈 지그시 욕조에 몸 담그면 은은한 향기로 피로 풀어 주겠노라 둥둥거리다가, 엎드려 잠든 그대 등 위에 누워 숨결을 다독이다가, 내 기척에 그대가 눈 뜨면 창가에 나란히 서서 검푸른 밤에 떠 있는 환한 봄날을 말없이 보내다가, 그 이별이 서러워진 듯

　그대 팔을 흔들며 그대여, 나는 조금 외롭다고 말하려 하네 내 말이 그냥 그렇게 들린다면 그대에게로 무한 가고 싶다고 말하려네 그래도 그냥 그렇게 들린다면 그대를 사랑한다고 말하려 하네 그때 그대가 무슨 예감에 놀란 듯 창문 열고 길 떠나는 화양연화의 그 찰나를, 벚꽃잎 두 개를 시집 사이에 간직해 주길 바라는 것이네
　　　　　　　　　　　　　　　　　　　──「벚꽃, 그 휘날림에 부치는」 전문

　이 작품에서도 시인의 사랑과 그리움이 '벚꽃'으로 현신하고자 하는 소망 속에서 확연한 구상을 얻고 있다. 시인은 몸을 가

벗이 한 채 "바람의 귀를 만지며 속살거리는, 벚꽃의 그 낱낱"
이 되고자 한다. '애첩'이라는 단어가 환기하듯, 시인은 "풍찬
노숙의 길을 하염없이"(「질긴 길」) 걸어온 삶일지라도, '그대'를
향한 자신의 하염없는 사랑을 고백한다. 그렇게 바람 따라 가
벼워진 '연분홍 꽃잎들'은, 말하자면 '그대'를 향한 설렘으로 들
떠 있는 몸짓일 것이다. 시인은 분분하게 날리는 꽃잎을 '그대'
가 받아 주고 안쓰럽게 붙들어 주기를 열망하는데, 이때 날리
는 꽃잎이 시인의 분신임을 아는 것은 그리 어렵지 않다. 그렇
게 쓸쓸할 나락奈落과 서러운 이별의 예감에도 불구하고 시인
은 은은한 향기로 그것을 감내하고 또 '그대'의 숨결을 다독이
고자 한다. 이처럼 정미 시인은 조금 외롭지만 '그대'와 함께 있
으려 하고, '그대'를 향해 무한정 가려고 한다. 이 모든 상상적
열망이 정미 시편의 '사랑'인 셈이고, 그것은 "화양연화의 그
찰나"처럼 '그대'가 간직해 주기를 바라는 순간인 것이다. 바로
그 순간 속에서 우리는 가장 아름다웠던 시절을 기억하면서 쓸
쓸함과 외로움과 이별을 견뎌 가려는 시인의 의지를 충일하게
읽을 수 있다. 이는 "한때 사랑의 다른 이름이었을 집착"(「빨래집
게」)을 넘어, "얼마나 많은 기다림을 짜야/ 그의 눈빛으로 태양
까지 짤 수 있을까"(「코바늘뜨기」) 하는 그리움을 간직한 시인의

열망을 발견하는 일이기도 할 것이다.

　이처럼 정미의 시성poeticity을 확연하게 보여 주는 시적 표지標識는, 부재하는 대상에 대한 사랑과 그리움의 힘, 그리고 그것을 회억回憶하고 치유하려는 선명한 자의식에 있다. 그녀는 이러한 기억을 매개로 하여 존재와 삶의 심층에 은유적으로 접근하면서, 결여 형식으로서의 삶을 아스라한 시간의 흐름 속에 편제한다. 그리고 흔치 않은 진정성을 통해 텅 빈 시간을 응시하면서 사랑의 에너지를 은은하게 흘러 보낸다. 그 깊은 기억에 숨겨져 있는 사랑과 그리움의 정서가 정미 시편의 가장 중요한 저류底流를 이루고 있는 것이다.

　2

　근본적으로 서정시는 '시간'에 대한 각별한 경험의 형식으로 쓰인다. 설령 미래적 전망을 형상화하거나 시간 자체를 초월하는 시편이라 하더라도, 그것 역시 그 자체로 시간에 대한 가치 판단일 수밖에 없다. 그만큼 서정시는 시간에 대한 경험과 기억의 재구성이라는 호환할 수 없는 양식적 특성을 지닌다. 이러한 원리를 적극 구현하는 정미의 시학은, 앞에서도 말

했듯이, '기억'을 통한 존재의 성찰을 두루 보여 주는 폭넓은 음역音域을 가지고 있다. 일찍이 파스O. Paz는 『활과 리라』에서 "일상적 개념에서 시간은 미래를 지향하는 현재이지만 숙명적으로 과거에 닻을 내리는 미래가 된다."라고 말한 적이 있다. 정미 시편 안에 이러한 속성 곧 과거를 말하면서도 그 안에 미래를 향한 치유의 에너지가 담겨 있다는 것은, 그녀 시편만의 독자적 개성이라 할 것이다. 그리고 그 치유의 에너지가 솟아오르는 가장 깊은 수원水源은 그녀 자신의 존재론적 기원origin에 있다. 아주 멀고도 오랜 기원으로서의 아득한 존재자들, 그 근원의 지표 안에서 시인은 자신의 자의식을 구성하고 확장해 가는 것이다.

빵 부스러기를 끌고 가는

개미 가는 길을 신발로 가로막지 마라

끊어질 듯 가는 허리에 손가락을 얹지 마라

죽을 때까지 시동을 끄지 않는

개미 한 마리가 손등으로 오른다

허리띠를 졸라매던 아버지

바짝 마른 허기가 만져질 것이다

아버지는 털털거리는 트럭을 끌고

시골 동네 비탈길을 누비고 다녔다

생선 상자 위로 쏟아지는 땡볕

신경질적으로 바퀴를 때려 대는 돌덩이들

왕왕거리는 메가폰 소리를 뚫으며

흙더버기의 길을 아버지는 나아가고 있었다

거친 엔진이 꺼지지 않기를 바라면서

괜찮아, 내 허리띠를 붙잡아라!

그날도 아버지는 쿨렁거리며 나아가고 있었다


손등에 오른 개미를 가만히 내려놓는 당신

개미 앞길에 놓인 돌멩이를 치워 준다

멀어져 가는 아버지,

당신의 눈 속으로 기어든 개미가

시동을 건다 여섯 개의 다리가 붕붕거린다

──「개미는 시동을 끄지 않는다」전문


이 작품은 '아버지'라는 존재론적 기원에 대한 아스라한 기억을 일차적 동기로 삼으면서, '개미'라는 익숙한 알레고리를 끌어들여 삶의 내구성과 지속성에 대한 사유를 보여 준 표제 시편이다. 시인의 시선에 "죽을 때까지 시동을 끄지 않는/ 개미 한 마리"가 들어온다. 일찍이 '개미와 베짱이' 우화에서 이미 근면의 상징이 되었던 '개미'는, 여기서 "허리띠를 졸라매던 아버지"로 등가화된다. 시동을 끄지 않고 살아가는 개미의 끊어질 듯 가느다란 허리는 아버지의 "바짝 마른 허기"로 어렵지 않게 전이된다. 아버지는 트럭을 끌면서 비탈길을 누비셨고, '생선 상자'와 '메가폰 소리'라는 경험적 세목을 거느린 채 '땡볕'이나 '돌덩이들' 같은 난경難境들을 거친 삶을 사셨다. 그렇게 아버지는 "내 허리띠를 붙잡아라!"라시면서 한 가정을 붙들고 계셨던 것이다. 이때 시인의 시선은 "손등에 오른 개미를 가만히 내려놓는 당신"을 향하면서 그 오래도록 시동을 끄지 않으셨던 "멀어져 가는 아버지"를 새삼 기억해 낸다. 그 붕붕거리는 기억들이 말하자면 정미 시인의 존재론적 기초요 궁극이라 할 것이다. 그 위로 "함부로 건드릴 수 없는 시간"(「널 키우는 건 호수야」) 혹은 "먼 원시의 어느 시간"(「고창 고인돌 − 제6군락지의 북방식 지석묘」)이 지나가는 듯한 느낌이 선연하게 들지 않는가.

속초 바닷가에서 한 그루 나무처럼 머리칼 휘날리며 서 있던 여자, 무슨 사연으로 겨울 바다에 혼자 왔나, 묻고 싶었네. 손님이라곤 파도뿐인 외딴 횟집에서 찬바람에 빨래를 널고 있는 입 큰 여인, 인제 장터에서 어린애 등에 업고 큰 아이를 앞세우고 가겟방 앞에서 수다 떨고 있는 아낙네들, 군축령 내리막길 지나서는 머리끄덩이 잡고 악다구니하는 중년의 여인들, 어디선가 많이 본 듯한 모습이었네. 홍천의 국도에서 비닐하우스의 찢어진 비닐을 혼자 걷어내는 노파, 치맛자락이 비닐보다 더 후줄근해 보였네. 양평에 들어서자 놀랍게도 그들이 모두 모여 살고 있네. 수시로 입었다, 벗었다 한 엄마…… 인생은 단벌일까, 하나같이 엄마 옷을 걸쳐 입고 있었네. 하나같이 내 얼굴이 달려 있었네.

———「엄마,라는 옷」전문


아버지의 간난신고를 통해 한 시절의 기원을 회상한 시인은, 이번에는 '엄마'라는 기표를 통해 다시 한 번 생의 근원을 상상한다. 물론 여기서 '엄마'는 시인 자신의 초상이기도 할 것이다. 시인은 "바닷가에서 한 그루 나무처럼 머리칼 휘날리며 서 있던 여자"를 구체적 영상으로 떠올리면서, 겨울 바다에 혼자 서 있는 그녀의 외관과 그 잔상에서 '엄마'라는 오래된 함의를 읽어 낸다. 그 독해 과정은 바닷가에서 만난 수많은 여인들로 옮겨가는데, 말하자면 횟집에서 빨래를 널거나 장터에서 수다 떠는 아낙네들, 악다구니하는 중년 여인들, 국도에서 비닐하우스를 혼자 걷어 내던 노파로 한없이 이어져간다. 속초, 인제, 홍천, 양평으로 이어지는 사실적 궤적을 통해 시인은 "수시로 입었다, 벗었다 한 엄마……"라는 단벌의 인생을 떠올린 것이다. 그리고 "하나같이 엄마 옷을 걸쳐 입고" 살면서 "하나같이 내 얼굴이 달려" 있는 사람들을 생의 저 아득한 기원으로 바라보는 것이다. 이때 이들은 모두 '생계의 운율'(「압력밥솥」)로 힘겨워하지만, 또한 한결같이 '이게 삶이거니'(「장갑」) 하는 긍정과 근원적 표정을 가진 이들이 아닐 수 없을 것이다.

원래 한 편의 서정시 안에 구현된 '시간'이란 경험적 시간 그대로가 아니라 그것이 재구성된 작품 내적 시간일 것이다. 우리가 기억이라고 부르는 것도 지층에 남아 있는 화석처럼 마음이라는 지층에 보존된 하나의 오랜 흔적일 것이다. 정미 시인은 고고학자의 시선처럼 그러한 세계를 깊이 기억하면서, 우리에게 이처럼 삶의 균열에 대한 성찰의 제의祭儀 과정을 선사하고 있다. 그 제의 과정에서 '아버지'와 '엄마'라는 존재론적 기원을 적극 호명한 것이다.

3

　말할 것도 없이, 서정시의 본래적 권역은 절실하고도 남다른 자기 확인 욕망에 있을 것이다. 그것이 순환적 나르시시즘이든 삶에 구체적으로 작용하는 성찰적 태도이든, 서정시의 초점이 시인 스스로의 자기 확인에 있음은 잘 알려진 사실이다. 물론 시인과 대상 사이의 균열 양상을 포착하는 '반反동일성' 미학이 최근 빈번하게 나타나고는 있지만, 그럼에도 서정시의 근원적 자기 회귀성은 엄연하게 그 자리를 지켜간다. 서정시의 자기 회귀성이라는 편재적遍在的 원리는, 시인으로 하여금 자신이 걸어온 시간과 공간에서 오래도록 서성이게 함으로써, 자신의 본래 모습을 근원적으로 성찰하는 힘을 부여받도록 하고 있는 것이다. 다음 시편을 한번 읽어 보자.

　　마침내 그는 오래 닦지 않은 창을 닦았네

　　유리창에 하늘 끌어들이고, 구름 닦는

　　그의 손은 누추하고 쓸쓸해 보였네 유리에 들인 구름은

　　날기 위한 날개였던 것, 언젠가도 한 번 구름을 기웃거렸네

　　새들은 가장 높은 곳에서 자신의 몸을 해체한다

　　벽에는 날기를 꿈꾸는 자들이 휘갈겨 쓴, 글이 있었네

유리에 그림자 진 나뭇가지에 한숨을 토해

한 장 나뭇잎, 잎맥이 말간 나뭇잎을 그리기 시작했네

입김에서 돋았다가 물줄기로 흘러내리는 나뭇잎들

투명한 이파리들이 그의 내부를 환히 비출 때

휘발하려면 질주해야 한다?

허공으로부터 새 한 마리 쏜살같이 날아들었네, 그 순간

타악! 그의 하늘이 유리로 변해 버렸네


간절한 날개로 바닥을 나는 저 새 한 마리

허공이 튕겨낸, 퍼덕이는 그를 누군가 들어 올렸네

걸음을 멈췄던 사람들 돌아가고

바람의 손들이 그의 유리창을 닦아 댈 때

설핏, 월궁항아가 그의 하늘을 맴돌았네

멀리서 새들이 울었네

— 「유리 되다」 전문


이 이색적 시편은 그 자체로 심미적 감각이 실존의 장場으로 편입되면서 겪어 내는 자기 갱신 과정을 아름다운 순간성으로 보여 준다. 아마도 오래도록 창을 닦지 않은 사람은 '시인' 자신

의 초상일 것이다. 그는 비록 누추하고 쓸쓸하지만 이제 비로소 유리창에 하늘을 끌어들이며 창을 닦는다. 그가 유리에 들인 구름은 마치 '날기 위한 날개'처럼 가장 높은 곳에서 새들을 불러 온다. 이때 날기를 꿈꾸던 자들이 휘갈겨 쓴 글은 곧 '시詩'의 은유로 다가온다. 그리고 허공으로부터 새 한 마리가 날아들자 바로 그 순간 "그의 하늘이 유리로 변해"간다. "간절한 날개로 바닥을 나는 저 새 한 마리"는 어쩌면 어둠이 물들어 가는 세상을 살아가는 시인 자신의 존재론이기도 할 것이다. 유리창에 든 하늘이 스스로 유리가 되어 가는 이 환각의 순간에 정미시인은 "갈매기가 채 삼키지 못한 우뚝 솟은 문장"(「도서유물 전시장」)을 발견하고, "바람이 한 권의 봄을 휙 넘기며 지나간"(「봄을 읽는 시간」) 흔적을 읽어 내는 것이다.

이른 아침, 꽃에 앉은 나비는

고요하다

이슬 옷을 입었다

햇살이 들면

형체도 느낌도 없이 사라질,

수천 년 전에는

강물이었거나 혹은 바람으로 날았을까

잠깐 반짝이다 흩어질 저 이슬과 나비의 날갯짓

전생의 내 몸짓이었을지 모른다

이슬방울이 허공으로 스미는 순간

영혼의 새로운 몸이 나를 찾아오진 않았을까


꿈인 듯 생시인 듯

알 수 없는 시간의 흔적들

꽃 위에서 아른거리지만

순식간에 펼쳐질 날갯짓과 이슬의 찰나에 대해

헤아릴 수 없다 어떤 존재들도

훨훨 툭,

이슬 털어 내고 날아오르는 눈 깜짝할 새인 것이다


다시 수천 년

나비는 또 다른 내가 되어 여기에 앉아 있고

나는 이슬이 되어

나비 날개에 맺혀 있을 수도 있겠다

저 먼 오래전 오늘, 잠깐

─ 「눈 깜짝할 사이」 전문

제목 그대로 눈 깜짝할 사이 곧 '순간瞬間'의 미학이 여기 느
런히 펼쳐져 있다. 이 시편을 가로지르는 시간성은 어느 날의
"이른 아침"이지만, 그때는 곧 "저 먼 오래전 오늘, 잠깐"으
로 몸을 바꾸기도 한다. 그러니 '순간'이 '영원'이 아니겠는
가. 시인은 고요하게 이슬 옷을 입은 '나비'를 통해, 잠시 후 햇
살이 들면 "형체도 느낌도 없이 사라질" 존재자의 운명을 본
다. 하지만 그 운명은 "사라지면서······ 거짓말처럼"(「논우렁을
묻지 마라」) 또 다른 삶을 불러 오고 있다. 오래전에는 다른 형식
으로 존재했겠지만 지금 저렇게 "잠깐 반짝이다 흩어질" 나비
의 날갯짓은 그렇게 시인 자신의 운명과도 닮았던 것이다. 그
러니 자연스럽게 "이슬방울이 허공으로 스미는 순간" 역시,
"새로운 몸이 나를 찾아"오는 순간일 것이고 "알 수 없는 시
간의 흔적들"이 온몸으로 끼쳐 오는 순간이 아닐 것인가. 이
때 우리는 비록 "순식간에 펼쳐질 날갯짓과 이슬의 찰나"를
알 수는 없지만, "이슬 털어 내고 날아오르는 반짝거림"처
럼 순간적인 것이 삶의 불가피한 원리임을 처연하게 직감하

게 된다. 그렇게 모든 존재자들이 '충만한 현재형'으로 존재하는 순간을 포착하면서, 시인은 "속도에 뒤처진 사람을 허용하지 않는"(「총알 택시」) 시대에 "풍경에서 허공으로 저렇게 시들어 버리는"(「여우비」) 이들의 존재 형식을 묘사함으로써 자신만의 시적 존재론을 완성한다. 그렇게 사랑과 근원을 상상하는 순간들이 바로 정미 시학의 원점이었던 것이다.

대체적으로 시적 감정은 가치 있고 정제되고 숭고한 방향으로, 그리고 균형과 조화를 이루는 방향으로, 그래서 심미적 효과를 이루는 방향으로 조직되어 가게 마련이다. 비록 최근 들어 비속성이나 장황함, 그리고 비선형성이 곧바로 노출되기도 하고 일탈과 부조화가 확연하게 점증漸增하기는 했지만, 서정시는 여전히 심미적 감각으로 자기 회귀성을 완성하려 하는 재귀적 욕망을 그치지 않는다. 정미 시편은 이러한 서정시의 원리를 확연하게 구축해 가는 세계로서, 과거로부터 절연된 현재가 아니라 과거는 물론 미래적 비전까지도 포괄하고 있는 '충만한 현재형'으로서의 시간적 존재 형식을 지켜가는 뚜렷한 실례이다. 이러한 '충만한 현재형'을 통해 현재의 불완전성과 불확실성, 그리고 우리의 현재적 일상에 편재하고 있는 여러 유형의 폭력에 대항하여 풍요롭고도 자유로운 상상력을 발휘하고 있는 것이다. 그래서 우리는 그녀 시편을 통해 우리가 잃어버렸던 것들을 다시 기억해 내면서, 현재의 불모성을 치유하고 넘어설 수 있는 희망의 원리를 꿈꿀 수 있는 것이다.

지금까지 우리가 천천히 읽어 온 정미의 시 세계는, 근원적 가치가 결핍되어 있는 현재를 탈환하고 복원하는 방식에 의해 구현되고 있었다. 시인은 자신의 지향점과 현실 지형 사이에 존재하는 불화 양상을 끊임없이 환기하면서, 삶의 심층에 가로놓인 유형 무형의 결여 형식에 대하여 서정시의 가치를 통한 미적 저항을 깊이 수행하고 있는 것이다. 그 점에서 정미의 첫 시집은, 이러한 서정시의 과제와 성취에 대한 실물적 응답으로서, 우리의 기억 속에 오래도록 머무를 것이다.

정미 시집

# 개미는
# 시동을 끄지
# 않는다

초판 1쇄 2015년 10월 25일

지은이 · 정미
펴낸이 · 김종해

펴낸곳 · 문학세계사
출판등록 · 제21-108호(1979. 5. 16)
주소 · 서울시 마포구 신수로 59-1(04087)
대표전화 · 02-702-1800, 팩시밀리 · 02-702-0084
이메일 mail@msp21.co.kr
홈페이지 www.msp21.co.kr
트위터 @munse_books
페이스북 https://www.facebook.com/munsebooks

값10,000원
ISBN 978-89-7075-696-7  03810

이 도서의 국립중앙도서관 출판예정도서목록(CIP)은 서지정보유통지원시스템 홈페이지(http://seoji.nl.go.kr)와 국가자료공동목록시스템(http://www.nl.go.kr/kolisnet)에서 이용하실 수 있습니다.(CIP제어번호: CIP2015026458)